D1146601

Collection folio junior

dirigée par
Jean-Olivier Héron
et Pierre Marchand

Claude de Leusse est née à Paris d'une famille originaire de Corrèze. Elle fait des études de Lettres et de Droit. Ses activités sont multiples. Journaliste, elle est correspondante d'une chaîne de journaux américains — *Fairchild Publications of New York* — et rédige des articles pour différents journaux. Écrivain, elle publie successivement, pour La Table Ronde, *Le Dernier jour de juillet*, en 1972, puis *Papiers de Chine et d'ailleurs*, en 1974. Réalise, en 1978, une comédie musicale, *Ulysse aux pays des merveilles* qui sera jouée à Paris et en Belgique. Écrit également des chansons.

Nicole Claveloux a fait ses études aux Beaux-Arts de Saint-Étienne où elle est née. Elle fait de nombreuses bandes dessinées. Ses sujets favoris : toutes sortes d'animaux bizarres, les cafetières avec des pieds, les bébés, les macaronis malades et les bigorneaux.
Pour Folio Junior Énigmes elle a illustré *Double Assassinat dans la rue Morgue*, pour Folio Junior Bilingue *Vers l'île au trésor*. Elle a réalisé les couvertures de *Verlaine, un poète*, *Rimbaud, un poète*, *Queneau, un poète*, dans la collection Folio Junior en Poésie. Elle a également collaboré au dictionnaire poétique *Le Plaisir des mots*.

Claude de Leusse

La Belle
et le Feijão

Illustrations de Nicole Claveloux

Gallimard

Pour Dimitri, Juliette, Nicolas,
Andrew et les autres.

Toute ressemblance avec des fruits et légumes existant ou ayant existé est purement voulue et volontairement mûrie par l'auteur.

La clef des champs

Cette histoire raconte le mariage à Potagèreville d'une pomme Belle de Boscop[1], Iza-Belle, et d'un haricot noir brésilien, Feijão[2], petit d'un pois chiche et d'une fève. Iza-Belle, pomme de ville, est la cousine germaine de Mira-Belle et Croquant, pommes des champs, qui sont deux des personnages principaux de ce livre. Si nous remontons dans l'arbre généalogique planté dans le vieux Verger de Boscop, nous constatons que leurs pères étaient frères : l'Un avait épousé une Reinette[3], l'Autre une Golden[4]. Sur la branche au-dessus nous trouvons leur mère, la Duchesse douairière[5] de Boscop, qui est le fruit du mariage de Beurré-Hardy[6] et de Granny-Smith[7]. L'arrière-grand-poire, personnage très important de notre histoire, vit tout en haut de l'arbre avec sa Pomme. Il est le fils de Belle de Boscop, la fondatrice du verger, qui repose dans un pot de confi-

---

1. Pour les notes se reporter au lexique en fin de volume.

tures sur une étagère à côté de son Doyenné du Comice[8].

Les autres personnages principaux de l'histoire sont : la Reine des Reinettes, marraine de Mira-Belle, qui habite un arbre-palais au vieux Verger de Boscop. La Pomme d'Api[9], qui est un peu amoureuse de Croquant, et l'ami Poireau du jardin potager.

Claude de Leusse

1
Prélude à l'après-midi d'une pomme

Ce jour-là, le vieux Verger de Boscop était secoué d'une agitation particulière.

Les pommiers, les poiriers, tous les arbres fruitiers, craquaient et frémissaient entre eux.

À leurs pieds, les herbes chuchotaient en se courbant légèrement. Et, dans le jardin potager tout proche, les légumes semblaient mijoter quelque chose.

C'est qu'on avait aperçu Iris, la messagère, glisser sur l'arc-en-ciel pour déposer une feuille de papyrus au sommet de l'arbre généalogique des pommes Belle de Boscop.

Iris[10] ne délivrait que les nouvelles très importantes. C'est le vent foulu[11] qui les colportait d'habitude. Et puis, dans ce coin de campagne paisible où ne se lisaient guère que les feuilles de chou locales, un pli d'une qualité aussi rare avait bien de quoi intriguer, et même agiter, tous les fruits du verger, tous les légumes du potager, toutes les herbes des fossés.

Ce message venait-il confirmer les bruits qui tourbillonnaient sur Boscop depuis la saison dernière et qui faisaient jaser dans les familles ?

On disait en effet qu'à Potagèreville, là-bas dans la plaine très civilisée, il y aurait promesse de mariage entre la Pomme Iza-Belle de Boscop et un contrebassiste brésilien nommé Feijão du Pois Chiche, de la famille des Haricots, musiciens bien connus dans le monde entier. D'ailleurs quelques-uns d'entre eux, comme Phénomène et Coco Blanc, rament en chœur dans le potager et sont très appréciés à Boscop.

Iza-Belle était la fille d'un enfant du pays qu'on n'avait pas revu depuis son mariage avec une riche Golden de Virginie qui avait pignon sur l'avenue du Bois à Potagèreville.

Potagèreville était le lieu de toutes les primeurs et de toutes les nouveautés. On racontait qu'il s'y passait des choses bien extravagantes à cause de la culture intensive. Par exemple, que les jeunes y étaient si précoces qu'on les voyait grandir et mûrir et pourrir avec la même rapidité. On disait aussi qu'il n'y avait pas de place là-bas pour les plantes sauvages...

Au vieux Verger de Boscop, on avait toujours eu le bon goût de ne se choquer de rien. Ici, comme nous le verrons tout à l'heure, on avait connu des unions peu banales, mais toujours au sein des grandes familles traditionnelles.

Ainsi les Rosacées dont font partie les pommes, les poires, les coings, les prunes, les pêches et bien d'autres encore, telles la framboise ou l'églantine, sont unies depuis des siècles par les liens du mariage et du greffage, du bouturage et du marcottage. Ces fruits ont toujours été très proches et très bons amis des légumes du potager : de la famille des Liliacées par exemple, comme le poireau, l'ail ou l'oignon, ou bien des Papilionacées dont Phénomène et Coco Blanc sont membres ; mais jamais, jamais il n'avait été question de mariage entre eux.

Et voilà qu'aujourd'hui on parlait d'unir à Potagèreville une Rosacée à un Papilionacée ! Iza-Belle de Boscop à Feijão du Pois Chiche ! Une Pomme à un haricot noir ! Bref, un fruit à un légume... étranger par-dessus le marché.

Quelle histoire !

À la première lueur de l'arc-en-ciel, Mira-Belle de Boscop — cousine germaine d'Iza-Belle —, qui, elle, n'avait jamais quitté son verger familial, dégringola de son pommier encore plus vite que d'habitude, bousculant au passage ses sœurs qui se préparaient à leur occupation favorite : se dorer au soleil.

— Vous aurez vite l'air tarte à vous cuire toute la journée ! leur lança-t-elle.

— Laisse tomber ! répondirent ensemble les Belles indifférentes. Et elles se détournèrent pour exposer un autre quartier de leurs rondelettes personnes.

13

Mira-Belle avait toujours été la plus espiègle et la plus turbulente du verger. De sa mère, une Reinette du Mans, elle tenait sans aucun doute cette vigueur et cette gaieté qui la rendaient si populaire. De plus petite taille que ses sœurs, elle avait aussi le teint naturellement plus coloré. Bref, ses pommettes vermillonnées étaient à croquer.

Mira-Belle réveilla son frère Croquant, et tous deux sautèrent au milieu d'une touffe d'amies, les Herbes Folles, toujours là pour amortir leurs chutes et adoucir leurs galipettes.

Mira-Belle et Croquant étaient inséparables. Ensemble ils avaient toujours préféré partager les jeux des herbes simples et des plantes sauvages, rouler dans les fossés qui bordent le vieux verger, s'arroser au bord du ruisseau. En compagnie de l'ami Poireau, ils entraînaient la joyeuse bande des Pimprenelle, Romarin, Millepertuis et les autres, à gambader sur le Puy-Chalard, à jouer à cache-cache dans les sous-bois du Beynissou ; ils tiraient les clochettes, appuyaient sur les boutons d'or. Même Chiendent, bien qu'un peu envahissant, était leur ami.

Quand ils rentraient le soir tout mâchés et crottés, la Louise-Bonne[12] en blettissait[13] de colère.

— C'est bien la peine que je vous astique ! grondait-elle. Mais pourquoi n'allez-vous

pas jouer avec les Fines Herbes du jardin ?

— Elles ne sentent pas bon, grimaçaient Croquant et Mira-Belle. De plus la Ciboulette n'a rien dans la tête.

— Eh bien, allez dans le carré de Laitue, Scarole et Batavia. Voilà des jeunes très bien cultivées.

— Elles font trop de salades.

— C'est malheureux quand même, continuait la Louise-Bonne, ce ne sont pas vos cousins le bon chrétien William ni Passe-Crassane qui répondraient comme ça.

— Ce sont des pou-a-a-res ! criaient le frère et la sœur.

Les joues de la Louise-Bonne s'affaissaient davantage.

— Si Granny-Smith vous entendait !...

— Mais c'est pour rire !

Et tous deux frottaient leurs joues rebondies contre la joue tavelée[14] de la Louise-Bonne qu'ils adoraient. Elle fondait devant eux.

Mira-Belle et Croquant avaient perdu leurs parents très tôt ; cueillis lors d'une rafle saisonnière, ils avaient fini d'une façon abominable, bien que relativement banale pour des pommes : Elle, coupée en quatre et dépecée au couteau ; Lui, en compote, après passage à la moulinette.

C'est alors que les petits avaient été confiés à une brave tante Poire, la Louise-Bonne qui habitait sur l'espalier[15] d'en face.

2
Blettir,
c'est pourrir un peu

C'est l'heure de la sieste, et pourtant on s'agite beaucoup au milieu de la touffe d'Herbes amies. Les cousines Api et Clocharde sont accourues aux nouvelles. Api est toute rouge d'excitation. Elle presse Mira-Belle de questions. Mais celle-ci n'a pas le temps de répondre.

— Rendez-vous au pied de chez Granny-Smith !

Croquant et Mira-Belle s'élancent, traversent le verger comme des flèches jusqu'à l'arbre généalogique où plongeait tout à l'heure l'arc-en-ciel. C'est là que demeure le chef de famille, le colonel Beurré-Hardy avec sa chère moitié, la Pomme Granny-Smith.

Le colonel Beurré-Hardy est l'arrière-grand-poire de Mira-Belle et Croquant. Il est installé au sommet de l'arbre généalogique depuis que sa mère, la très belle Pomme

Belle de Boscop fondatrice du verger, repose en gelée dans un pot de confitures.

Celle-ci était venue des grands jardins de Boskoop en Hollande. Elle avait traversé les Flandres puis avait séjourné une saison en Bretagne ; c'est alors qu'elle avait francisé son nom.

Belle de Boscop, qui aimait rouler sa bosse mais cherchait à s'établir, rencontra peu après, au cours d'un voyage dans le centre de la France, la cousine Alexandrine Douillard[16]. Celle-ci lui fit visiter un « coudair »[17] désaffecté situé dans un joli vallon. Le terrain, le ciel pommelé, le climat, tout lui plut.

Belle de Boscop s'y planta aussitôt et lui donna son nom. D'où le Verger de Boscop.

La Belle épousa le Doyenné du Comice de Chamboulive et lui donna un fils : Beurré-Hardy.

Beurré-Hardy, en forme de poire, ressemble à son père. C'est évident. Mais, de sa mère, il hérita la vigoureuse nature et un fameux goût de l'aventure.

Lors d'un voyage en Angleterre, il s'enrôla dans l'armée des Indes, et c'est au cours d'un grand dîner — au dessert exactement —, dans les somptueux jardins du maharadjah de Kapurtala[18], qu'il rencontra Granny-Smith.

Sa fraîcheur la rendait délicieuse à regarder, aimait-il à rappeler, et, d'ailleurs, tout le monde la dévorait des yeux.

Il l'épousa aussitôt.

Ce couple exemplaire, n'ayant pas eu d'enfant tout de suite, adopta une petite Cannelle chinoise dont la famille est l'une des plus anciennes de Chine puisqu'elle remonte à 2700 ans avant Jésus-Christ, spécifiait Granny-Smith en ajoutant que la famille de Cannelle s'était aussi fort distinguée lors des grandes pestes du Moyen Âge.

Après une campagne glorieuse, Beurré-Hardy retourna en Grande-Bretagne avec le grade de colonel. Par la grâce de Sa Majesté, il fut fait chevalier de la Rose d'Inde, pour ses bons et loyaux services.

Mais la jeune Cannelle avait froid et s'étiolait dans les brouillards de la région londonienne. Granny-Smith verdissait et son caractère devenait quelque peu aigrelet.

Alors le colonel Beurré-Hardy décida de retourner sous le ciel plus clément de son pays natal.

Dans un coin bien ensoleillé du Verger de Boscop, la chétive Cannelle reprenait des forces. Elle se plaisait à regarder les Pommes et les Poires lui tricoter des scoubidous. Pourtant, malgré les soins attentifs de ses parents, de toutes les Belles et du docteur Artichaut qui venait la visiter tous les jours, Cannelle dépérit à nouveau.

Hélas, à quelque temps de là, une gelée tardive l'emporta prématurément au pays des fleurs Immortelles.

Le docteur Artichaut fit un foin terrible mais se consola très vite. Quant au colonel, il essaya de planter des clous de girofle rapportés des Indes dans son paquetage. Mais le sol de Boscop était trop dur.

On le fit grand-croix du Mérite agricole pour avoir essayé de renforcer les échanges culturels franco-sino-indiens.

Finalement, Beurré-Hardy et Granny-Smith eurent une fort jolie petite poire qu'on appela Duchesse.

À sa maturité, elle se greffa au plus beau pommier de Boscop. C'est ainsi qu'elle devint la Duchesse douairière des Belles de Boscop.

Elle eut deux fils.

L'Un fit un mariage d'amour. Il épousa une Reinette qui lui donna beaucoup d'enfants, dont Mira-Belle et Croquant.

L'Autre fit un mariage d'argent. Il épousa une Golden de Virginie qui redora son blason[19] et lui donna une pomme : Iza-Belle.

L'Un resta à Boscop et s'y serait paisiblement ratatiné avec sa Reinette s'il n'avait tragiquement fini, comme nous l'avons vu plus haut.

L'Autre partit pour Potagèreville vivre dans l'opulente belle-famille Golden.

Sa mère, la Duchesse douairière, le suivit pour satisfaire son ambition secrète et ses goûts de luxe. Elle ne revint jamais.

Évidemment, à Boscop, il n'y avait ni chauffage central ni grands espaliers.

Voilà quelle était la situation de famille chez les Belles de Boscop.

Revenons à nos jeunes pommes Mira-Belle et Croquant.

Les voici donc au pied du grand arbre généalogique des Belles de Boscop, qui se trouve être un *poirmier* en raison des mariages entre leurs ancêtres Pommes-Poires, comme nous venons de l'expliquer.

Ils grimpent les branches quatre à quatre mais s'arrêtent un instant pour saluer le vieux Gui. Celui-ci, roulé en boule à l'extrémité de son étage, est, comme toujours, occupé à fabriquer des perles gluantes qu'il écrase ensuite pour attraper les guêpes.

Le vieux Gui s'était installé en squatter[20] depuis si longtemps qu'on ne savait plus quand il était arrivé. Il rendait de menus services à la famille, qui s'était bien accommodée de sa présence. Une fois l'an, il présidait à la cérémonie des embrassades pour la Saint-Sylvestre. Un peu fou et sorcier, il avait des dons de guérisseur qui inspiraient une sorte de respect mêlé de crainte. D'ailleurs son nom, sacré chez les Gaulois, signifie « celui qui guérit tout ».

Le Gui répétait sans cesse, comme il le fit ce matin en guise de réponse au salut de Mira-Belle et de Croquant : « Je suis le symbole de l'éternité du monde et de l'immortalité de l'âme. »

Puis le vieil illuminé continua d'égrener ses perles.

— Bonjour Granny ! bonjour arrière-grand-poire !

— Bonjour mes arrière-petites-pommes préférées !

Le colonel et Granny sont en train de prendre leur rosée dans le salon à boiseries, sous les regards figés des portraits de famille par Arcimboldo, le fameux peintre italien des fruits et des légumes.

Granny est assise dans son canapé de mousse. Elle porte son éternelle robe verte toujours jolie bien qu'un peu fripée, et qui s'harmonise si bien avec le mobilier et les feuilles du paravent. Granny est raffinée et sent très bon.

— Prenez une tasse de rosée les enfants ! Et toi, Beurré, reprends un verre d'eau-de-vie, c'est bon pour toi.

Granny est assez autoritaire.

— Elle me conserve dans l'alcool, grommelle gentiment le colonel tout en remplissant une campanule bleue qu'il vide aussitôt. Puis il secoue vigoureusement ses bajoues.

— Savez-vous, dit-il, qu'Alexandre le Grand, en cherchant de l'eau-de-vie en Inde, a trouvé des pommes qui prolongeaient la vie de 400 ans[21] ? À la tienne ma chère !

22

Il s'incline vers Granny et se sert une nouvelle rasade. C'est qu'il aime bien boire, le colonel ; surtout avec sa vieille amie Artémise, l'Absinthe qui loge dans le mur croulant derrière le potager. Granny n'apprécie pas cette plante grivoise, pas plus qu'elle n'approuve les escapades apéritives avec la Gentiane du Puy-Chalard ; mais elle ferme les yeux parce que l'alcool, c'est sain pour son Beurré-Hardy, et qu'elle ne veut pas le voir blettir.

« Blettir, c'est pourrir un peu », telle est la devise des Poires.

Il faut dire qu'il a fière allure le colonel, sanglé dans son gilet chiné gris-vert, le gousset renflé par un oignon attaché à une fine liane d'or qui lui barre l'estomac. Il porte toujours un œillet d'Inde à la boutonnière en souvenir de sa campagne du Bengale. Beurré-Hardy a l'embonpoint sympathique des bons vivants. Mais il se surveille ; avec une rigueur toute militaire, malgré son grand âge, il fait le poirier tous les matins.

Pour sa jovialité, pour toutes les histoires qu'il raconte, parce qu'il est truculent et succulent, Mira-Belle et Croquant adorent leur arrière-grand-poire.

— Dites-nous ce qu'a rapporté Iris !
— Petits curieux !
— Peuh !... un faire-part de mariage.
— Alors ça y est ? La cousine va se marier avec un Haricot ?

— Ça doit être bon d'avoir un petit-pois-chez-soi !

— Un peu chiche pour une Belle pomme, coupe Granny.

— Ils n'ont pas trop bonne réputation, les fayots... Mais alors, quels musiciens ! Il n'y en a pas de meilleurs pour la musique militaire.

Et voilà que le colonel, gonflant ses bajoues, entonne *La Marseillaise.*

— Pomme-pomme   pomme-pomme pomme pomme pomme po-omme !

Mira-Belle et Croquant se mettent au garde-à-vous puis croulent de rire sur l'écorce du salon.

— On dit que Feijão a un orchestre formidable et qu'il chante et joue de plusieurs instruments...

— Pfft ! De la musique de sauvage !

Granny s'est détournée tandis qu'ils ouvrent la feuille de papyrus.

Croquant émet un sifflement admiratif.

— Très chic ! dit-il.

— Tais-toi, je lis.

Et Mira-Belle déclame :

« La Duchesse douairière de Boscop

Monsieur et Madame de Boscop

ont le plaisir de vous faire part du mariage de leur

petite-pomme et pomme

Iza-Belle

avec Feijão Du Pois Chiche. »

— Pouaoh !... fait Croquant.

Elle tourne la feuille et continue :

« Madame Du Pois Chiche née O'Zeille
Monsieur et Madame Du Pois Chiche
ont le plaisir de vous faire part du mariage de leur
petit-pois et pois
Feijão
avec Iza-Belle de Boscop. »

Et puis :

« Vous êtes tous priés d'assister à la fête d'Automne qui aura lieu en présence du Grand Porte-Greffe de Hongrie, à la Serre de Potagèreville. »

— Voilà ! Granny, tu nous laisseras aller à la noce ?

La vieille dame fait la moue.

— Les grands jardins ne sont plus ce qu'ils étaient, dit-elle en soupirant.

Mira-Belle se fait suppliante :

— Quand nous étions petits, tu disais qu'à notre maturité nous irions visiter Potagèreville, eh bien...

— Nous serons mûrs pour la noce, interrompt Croquant.

Et, bombant le torse, il ajoute :

— Je serai le chaperon de ma sœur et nous ferons enfin connaissance de cette branche de la famille qui snobe le verger, et nous visiterons Potagèreville, et nous rencontrerons de belles plantes exotiques, et nous écouterons de la musique et nous danserons la samba et...

— Tout doux mon petit, calme-toi et ne

fais pas ta mauvaise graine ! D'ailleurs, là-bas, vous ne récolteriez que des pépins.

— Mais Granny...

— Trêve de discussion ! intervient le colonel, nous irons tous à la noce !

Granny, l'air boudeur, s'est ratatinée au creux de son canapé.

— Donne-moi un verre d'eau-de-vie.

Elle avale le médicament avec une grimace.

— Tu es vraiment trop poire, mon cher.

Beurré-Hardy tire sur ses bajoues, l'air absent.

3
Au palais de la Reine des Reinettes

Le vent foulu s'est levé, sûrement pour porter la nouvelle alentour. Croquant et Mira-Belle sont fous de joie. Eux non plus ne peuvent plus attendre pour aller annoncer la nouvelle à leurs amis du verger, du potager, des fossés et des sous-bois.

Ils ont glissé sur la rampe qui serpente jusqu'au bas du tronc en poussant des cris, comme lorsqu'ils étaient enfants.

— Petits sauvages ! a bougonné le Gui.

Il n'aime pas le bruit ; ça le met en boule.

Ils ont culbuté dans l'herbe et bousculé Clocharde[22] qui s'était endormie en les attendant. Elle dort n'importe où, n'importe comment. Elle aime les nuits fraîches sous les étoiles.

Api, elle, a occupé son temps à se farder. Elle a les pommettes hautes de ses ancêtres venus du Caucase et se passe du vermillon pour en accentuer la carnation. Ce n'est pas qu'elle soit tellement coquette, mais elle aime le rouge et, de ce fait, rougit pour un rien. Elle trimbale toujours un petit tapis rouge pour appuyer sa tête, pour s'asseoir, ou pour se couvrir quand elle va camper avec la Clocharde.

Après un bref résumé de la situation, nos amis décident de commencer leur tournée par une visite à leur marraine, la Reine des Reinettes.

Son arbre-palais, bien que vétuste, se dresse fièrement non loin de là.

— Montez, montez mes chères petites pommes, appelle-t-elle en les entendant, puis :

— Bergeronnette, fais-les entrer !

Le feuillage s'ouvre. Mira-Belle et Croquant, Api et Clocharde entrent à la queue leu leu.

— Asseyez-vous sur les poufs ou sur le tapis gris, là, au soleil pour vous réchauffer. Voulez-vous quelques douceurs ?

Elle est bonne et charmante et encore fort jolie, la Reine des Reinettes. Son trône d'écorce sculptée est couvert d'une fine mousse de velours. Sa robe rouge est tissée de fils d'or.

Près d'elle se tient le Roitelet, son garde du corps ami, confident et chevalier servant. Perché un peu plus haut veille le Rouge-Gorge tandis que s'affaire la douce et vigilante Bergeronnette[23]. Les trois oiseaux de la maison de la Reine des Reinettes non seulement la protègent et prennent soin d'elle, mais sont chargés de défendre le territoire de Boscop contre des ennemis redoutables tels que Frelon, Hanneton ou Doryphore. Leur mission est de détecter les parasites dangereux, d'abattre les coléoptères venus du ciel et de déguster sans façon vers, chenilles, larves et autres rampants puisqu'ils en sont friands. Quand aucun danger ne plane sur Boscop, ils chantent pour la Reine et enchantent le verger.

— Alors, bientôt un musicien entrera dans notre famille ? Je m'en réjouis beaucoup. Qu'en dis-tu Mira-Belle ?

— Je suis ravie ma Reine, je vois que vous savez déjà tout.

— Les oiseaux volent parfois plus vite que le vent.

— J'espère que vous viendrez à la fête.

— Certainement.

— Alors vous pourrez convaincre Granny... tout au moins de nous laisser partir avec vous ?

— Elle a peur qu'il nous arrive des pépins, dit Croquant.

— Elle a raison. C'est très beau, très intéressant, très amusant, Potagèreville ; mais, comme dans toutes les agglomérations importantes, la graine de voyou y fleurit en abondance.

— Mais puisque l'arrière-grand-poire

veut y aller, pas de problème ! intervient Api en rougissant.

Elle s'est assise devant le trône sur son tapis rouge.

— En effet, répond la Reine. Nous pourrions même faire le voyage dans mon panier : Roitelet et Rouge-Gorge nous escorteront. Je ferai tout mon possible pour convaincre Granny-Smith.

— Merci Ma Reine, crient ensemble Mira-Belle et Croquant.

— Pas de problème, fait la Clocharde imitant Api et refrénant un bâillement.

— Pov' pomme ! lui chuchote Croquant en lui mordillant l'oreille.

Il l'aime bien sa Clocharde parce qu'elle se moque de tout, du tiers comme du quart. Il sait qu'elle n'ira pas à Potagèreville. Elle a horreur des mondanités. D'ailleurs elle a raison. Même les Clochardes sont plus heureuses à la campagne.

La Reine des Reinettes les regarde tous les trois en souriant.

— C'est un plaisir de vous voir croître et embellir ainsi. Votre maturité approche... Api, tu as une mine magnifique ; c'est charmant de rougir comme ça. Toi, Clocharde, la vie sans contraintes semble joliment te réussir ; et toi, Croquant, avec ces larges épaules et ces hanches minces, tu es un vrai jeune pomme maintenant.

Api a les joues en feu.

— Quant à toi, ma Belle, continue la Reine des Reinettes, tu ressembles à s'y méprendre à ta mère au même âge...

Après un silence que personne n'ose troubler, la Reine des Reinettes poursuit :

— Je me souviens d'elle quand nous étions au bal dans les jardins de la préfecture du Mans. Nous venions d'être élues toutes les deux ex aequo reines de beauté... Elle était délicieuse et tellement gaie ! Nous avons dansé toute la nuit sous la lumière douce des lucioles, nous avons bu quelques gouttes de cidre dans une flûte tout en admirant le feu d'artifice de pétales bleu, blanc, rouge... Le rossignol chantait... C'est en souvenir de cette fête que, plus tard, elle me demanda d'être votre marraine. C'est moi qui ai choisi ton nom Mira-Belle.

Mira-Belle sait pourquoi la Reine des Reinettes a l'air mélancolique et tendre. Dans son jeune temps, c'est-à-dire précisément à la fête du Mans, elle avait rencontré un Pruneau d'Agen dont elle était tombée éperdument amoureuse. Ils s'étaient même fiancés secrètement. Mais la famille avait refusé ce mariage qu'on trouvait peu convenable. La Reine des Reinettes s'était soumise mais n'avait jamais oublié son Pruneau, et c'est en souvenir de lui qu'elle avait choisi le nom de Mira-Belle.

Quand la vieille Louise-Bonne avait raconté ça, des larmes coulaient sur ses joues : « C'était une vraie pomme d'amour », avait-elle conclu.

— Croyez-vous, Ma Reine, que la fête à Potagèreville sera aussi belle ? s'empresse de demander Mira-Belle pour faire diversion.

— Ce sera certainement très différent. En tout cas, il n'y aura pas de bruit infernal comme au Mans. Maintenant, quand vient l'été, le vrombissement des moteurs de voitures affecte mortellement la nature et nos parfums. On n'entend plus le rossignol. Les phares durs ont remplacé la lumière subtile des lucioles. On ne peut plus y donner de fêtes...

— Vous trouvez ça bien qu'Iza-Belle épouse un Haricot noir brésilien ?

— Je trouve ça merveilleux. D'ailleurs je suis toujours du côté des gens qui s'aiment.

— Moi aussi, dit Api en rougissant.

Elle a traîné son tapis tout près de Croquant.

— Lève-toi et fais la révérence, nous partons, dit-il tout bas.

Api s'exécute et roule son tapis rouge. Clocharde l'imite et sort en traînant les pieds. Croquant baise la main de la Reine des Reinettes tandis que celle-ci attire gentiment sa préférée :

— Adieu ma toute Belle, dit-elle en l'embrassant.

Sur la dernière marche du palais, ils se concertent :

— Avant d'aller au potager, il faut passer chez la Louise-Bonne pour l'embrasser.

Celle-ci ne bouge plus de son espalier.

Appuyée contre la pierre chaude du vieux mur, toute la journée elle tricote des scoubidous pour les petits des voisines. Sa chair est molle et sa peau complètement tavelée. Elle est sourde.

— Comment vas-tu ma Louise-Bonne ? hurle Croquant à son oreille. Il l'embrasse affectueusement.

— Je blettis, je blettis, mon gaillard.

— Nous sommes venus t'annoncer le mariage d'Iza-Belle de Boscop, crie Mira-Belle à son tour.

— De qui ?

— De notre cousine de Potagèreville.

— Ah oui ! la fille de l'étrangère... Comment s'appelait-elle déjà... Gloden ?

— Golden !

— Ah oui. J'espère que Rima-Belle... Azi-Belle...

— Iza-Belle !

— C'est ça, j'espère que Zazi-Belle épouse un Boscop.

— Non Louise-Bonne, elle se marie avec un Haricot brésilien.

— Tu plaisantes ?

Louise-Bonne a repris son scoubidou en hochant la tête :

— Je suis trop vieille pour comprendre ces choses.

— Mais non, mais non ! proteste le quatuor de pommes.

— Vous m'en aurez fait voir de toutes les couleurs, dit encore Louise-Bonne.

Api rougit. On s'embrasse, on se dit au revoir.

— Et tu en verras encore bien d'autres, plaisante gentiment Croquant.

— Oh plo !

Ce qui veut dire « bof ! » dans le patois de la vieille poire.

Clocharde s'est laissée glisser au pied de l'espalier.

— Moi j'en ai marre des visites. Je dors ici.

— Je resterais bien avec toi mais je n'ai pas prévenu. À moins que... vous m'invitiez à dormir chez vous ?

Api a rougi en regardant Croquant.

— Non non, chacun chez soi. D'ailleurs le soleil se couche. Pas le temps de s'amuser. Demain nous irons faire la tournée du potager. Rendez-vous devant la loge de Madame Bintje après le lever du soleil.

Api s'éloigne, tapis roulé sous le bras.

4
L' ami Poireau

Madame Bintje[24] est la concierge du coin des Pommes de terre. C'est une corpulente parmentière.

Assise sur le pas de sa porte, en robe de chambre et bigoudis, elle lit attentivement la rubrique des fruits écrasés dans son quotidien préféré : *Le Petit Chou de Bruxelles.* Quand elle a bien épluché les histoires belges qui l'intéressent, elle descend le courrier. Puis elle va discuter avec Madame Rosa. C'est comme ça tous les matins.

Madame Rosa[25] habite au premier sous-sol, juste sous la loge de Madame Bintje. Elle travaille en chambre et fabrique une pommade qui porte son nom et dont les bienfaits ne sont plus à conter.

« La pommade Rosa donne à votre peau un éclat sans pareil », voilà ce qui est écrit sur la vitrine du soupirail de la pomme de terre Rosa. Ses meilleures clientes sont Pierrette[26] la Tomate et la vigoureuse Madame

Moutot[27], du fraisier voisin. La Carotte aussi, quand elle se veut hâtive.

Lorsque Mira-Belle, Croquant et Api arrivent devant la loge, ils trouvent un écriteau sur la porte : « La concierge revient de suite. »

Clocharde n'est pas venue parce que Madame Bintje ne supporte pas les clochardes.

— Madame Bintje ! appelle Mira-Belle par le soupirail.

— Voilà ! voilà !

Madame Bintje remonte lourdement du sous-sol.

— Oh ! là là ! soupire-t-elle, je n'sais plus monter. C'est que je vais bientôt sur mes septante.

Son accent traînant est à couper au couteau.

— Alors, quoi de neuf les Pommes ?

Madame Bintje a planté ses poings sur ses vastes hanches.

— Eh ! tenez-vous bien Madame Bintje ! Notre cousine Iza-Belle de Boscop épouse un lé-gu-me ! annonce Croquant.

— Pas possible !... Vous entendez ça Madame Rosa ?

— Ne me dites pas ! fait celle-ci en passant le nez hors de son soupirail.

— Un légume ? répète Madame Bintje. D'une grosse famille, j'espère ?

— Des Papilionacées. Il s'appelle Feijão du Pois Chiche... C'est un Ha-ri-cot... noir !

38

Mira-Belle et Croquant ménagent leurs effets. Ils adorent exciter la curiosité de Madame Bintje. Celle-ci est déjà en train de rameuter tout le quartier. Elle a les yeux exorbités. Elle bafouille. Elle a fendu sa robe de chambre en heurtant un caillou.

— Une pomme, je vous dis, une pomme même pas de terre, une vulgaire pomme... Enfin, une Belle pomme qui va se marcotter, non se greffer, non se bouturer... Bref, se marier avec un ha-ri-cot nouare !

— Si c'est pas malheureux !

Madame Rosa a claqué son soupirail.

— C'est une fois aut' chose ! profère Madame Bintje dans un grand élan belge et en guise de conclusion.

Les légumes se pressent :

— Mildiou[28] ! fait l'Oignon.

— Peuchère ! fait l'Ail en se frottant à son beau brin de Persil. — Que c'est gai !...

— Ail-ail-ail-ail-aaaiil ! chante la Fève de Séville.

— Les petits pois-a-a ! enchaînent Coco Blanc et Phénomène.

Api secoue son tapis en esquissant un pas de flamenco. Elle est aussi rouge que la Tomate Pierrette. Mira-Belle est ravie. Essoufflée, Madame Bintje est revenue se planter au milieu de son monde.

— Eh ! dites ! Où est-ce qu'elle est allée le chercher encore celui-là ?

— Il est venu du Brésil.

— Ahhh ! mais c'est que ça change tout !

Madame Bintje a prestement arraché ses bigoudis et refermé sa robe de chambre.

— Tout ce qui vient d'Amérique du Sud est bon et sacré ! Pas vrai, Mam'zelle Pierrette ?

— Pour sûr, Madame Bintje.

— C'est que, reprend fièrement celle-ci, nous autres dans le temps, nous étions florissantes chez les Aztèques et chez les Incas, sur les terrasses vertigineuses de la cordillère des Andes, dans les jardins suspendus du Machu Picchu, sur les rives du lac Titicaca... Pas vrai, la Tomate ?

— Pour sûr, Madame Bintje !

Elle se gonfle et rougit de fierté, la Pierrette. Les habitants du potager sont soufflés par la culture de la Pomme de terre. Celle-ci continue, de plus en plus lyrique :

— Nous adorions le soleil. On nous sacrifiait dans la vaisselle d'or de l'Eldorado, et on nous a transportées dans les somptueuses caravelles des conquistadores pour nous présenter à toute l'Europe comme les reines du Pérou...

— Tout ça pour finir dans un cornet de frites... purée de vous autres !

On a reconnu la voix railleuse de Poireau. Éclat de rire général. Madame Bintje écume de rage, elle a saisi son balai, elle saute sur ses courtes jambes :

— Petit voyou ! Grand crétin !

— Crétin microcéphale[29], précise Poireau.

40

— Clown grotesque !

— Et blafard, renchérit Madame Rosa.

Poireau fait toujours le pitre et amuse les galeries. Il est là, tête en bas, sa tignasse blanche à ras du sol, agitant ses longues jambes pantalonnées de ·vert. Il est doué, intelligent et spirituel. Il est taquin mais bon. Il adore les belles plantes et les courtise volontiers, mais il n'est pas comme son cousin l'Oignon qui aime à faire pleurer, ni comme son copain l'Artichaut qui collectionne les peines de cœur.

Poireau est un très grand ami de Mira-Belle et de Croquant. Ils s'amusent beaucoup ensemble. Poireau, c'est un poète aussi.

Maintenant que Madame Bintje s'est calmée et a repris son poste devant la loge, toute l'attention s'est portée vers Poireau.

Il fait une pirouette comique suivie d'un très galant salut à Mira-Belle et Api :

— Si toi ma Belle, si vous les Pommes étiez au Paradis...

Puis, s'inclinant profondément devant Madame Bintje et souriant à son amie Pierrette, il continue :

— Si vous les Pommes de terre et toi la Tomate « Pomme d'amour » étiez chez les Incas, eh bien moi, le crétin blafard et grotesque, j'étais fort estimé chez les Égyptiens de l'Antiquité, chez les Hébreux, chez les Grecs, chez les Romains... Sans nous, et sans nos bottes, jamais la pyramide du roi Khéops n'aurait été construite.

— C'est vrai, c'est vrai ! Nous y étions aussi ! crient en chœur Phénomène et Coco Blanc.

— C'est tout à fait exact, mes amis, poursuit le Poireau en faisant voltiger ses pantalons verts.

Soudain, avec le plus grand sérieux :

— Et c'est pourquoi je vous déclare que ce greffage sera un très grand mariage. Car, s'il est difficile de monter plus haut qu'au Paradis, il n'est pas si mal non plus d'avoir été au sommet de la plus grande pyramide !

Acclamations. Hourras. L'enthousiasme est à son comble.

— Et si vous permettez...

Poireau fait une pirouette :

— J'ajouterai enfin que mon frère Hercule est pianiste à Potagèreville dans l'orchestre de votre futur cousin Feijão du Pois Chiche.

On chante alors sur l'air des lucioles :

Les Boscop, les Poireaux, les P'tits Pois-a-a !
Les Boscop, les Poireaux, les P'tits Pois chez soi !

Ébouriffant sa tignasse blanche, le grand microcéphale dégingandé retourne tranquillement faire le poireau à l'entrée du potager.

En longeant la bordure de chez Madame

Oseille, nos trois Pommes surprennent une conversation très animée, ponctuée de « C'est une fois aut'chose » bien reconnaissables.

— Elle n'a pas perdu de temps ! chuchote Croquant.

— Ce n'est pas très bien mais... si on écoutait ?

Api étale son tapis rouge :

— Asseyons-nous, dit-elle. Ne t'en fais pas Mira-Belle. De toute façon, même si nous entendons quelque chose, tout le potager sera au courant avant midi.

— C'est vrai, avec toutes ces commères : Madame Oseille, Madame Bintje, Madame Rosa...

— Madame Moutot qui ramène sa fraise...

— Chut !

Voilà ce qu'ils entendent :

— C'est comme je vous le dis, Madame Bintje, ma famille n'en a peut-être pas l'air, mais ce sont de grosses légumes.

— Ben vrai, Ma'me Oseille !

— Pensez-donc, banquiers de père en fils !

La voix pointue de Madame Oseille se fait plus persiflante.

— Nous autres, les Oseilles de province, au moins on est resté entre nous. C'est pas comme la branche de Potagèreville. Ils en ont fait de drôles de marcottages les banquiers O'Zeille Frères !... D'ailleurs, c'est la

Rose Radis, quand elle a épousé mon arriè-
re-grand-oncle, qui a exigé qu'on sépare le
nom ; ça faisait mieux, pensez donc ! Il
n'empêche que l'Oseille venait de Bellevil-
le.

— Vous m'en direz tant...

— Pfft, attendez, c'est pas tout... La fille
O'Zeille s'est marcottée à un Pois Chiche...

— Un du Pois Chiche, fait Madame Bintje.

— Va donc, eh patate ! lâche Croquant
exaspéré.

— ... et le petit du Pois Chiche, continue
l'Oseille, où croyez-vous qu'il a trouvé sa
Fève Tonka ? Dans la galette évidemment
et...

Croquant s'est levé :

— J'en ai marre des ragots de Pomme de
terre à l'Oseille !

Tous trois roulent le tapis et s'en vont
sans bruit. En passant devant le carré de
Laitue, Scarole et Batavia, ils constatent que
tout est normal. Elles font des salades. À
l'entrée du potager, ils trouvent Poireau auprès d'une Carotte frêle et pâle.

— Poireau, j'espère que tu viendras à la
noce ?

— Je bouillonne d'impatience.

— Et toi ?

— J'ai beau me hâter, je suis bien trop
jeune... Pour moi, c'est râpé, dit la Carotte.

Le crépuscule descend. Les légumes re-
tournent à la terre : qui pivotant dans son

trou, qui ramant sur son fil, qui reprenant son rang ou son carré.

Les Pommes sont montées reposer sur leurs branches.

Cette nuit-là, Clocharde a dormi parmi les herbes du fossé. Au petit matin, elle a bu la rosée fraîche servie par la Grande Potentille en tablier rouge et blanc, tout en devisant avec les frères Barbe-de-chèvre et Pied-de-bouc. Tous trois font aussi partie de la vaste famille des Rosacées, tout comme Croquant, Mira-Belle et Api.

Ces derniers, arrivés peu après, ont décidé d'aller tous ensemble annoncer la nouvelle au Genêt D'Or qui habite sur la colline du Bouchaillou.

En chemin, ils ont salué l'oncle Néflier et la jolie Aubépine tout habillée de rose.

En traversant le bois, ils ont cueilli Benoîte et Galiote, leurs cousines aux robes dentelées. Ils ont évité la Ronce et l'Ortie qui lancent toujours des piques, et surtout, surtout, l'empoisonneuse de Ciguë — une famille bien venimeuse et bien criminelle — dont l'ancêtre d'Athènes osa assassiner Socrate.

Quand ils arrivèrent sur la colline, Genêt était en train de balayer devant sa porte. Il secoua sa tête d'or pour saluer la compagnie.

— Sais-tu mon grand Genêt, lui dit Mira-Belle, que nous allons devenir cousins ?

— ?

— Mais oui, puisque Iza-Belle de Boscop va se marier avec Feijão du Pois Chiche ! À Potagèreville !

Pour goûter tout l'effet de cette nouvelle, il faut rappeler que les Haricots comme les Genêts sont de la famille des Papilionacées.

Genêt d'Or a pris Mira-Belle dans ses longs bras flexibles et la soulève de terre.

— Cette nouvelle me rend léger comme un papillon, dit-il en la faisant tourbillonner.

— Tu viendras ?

— Tu sais bien que non.

Il la repose doucement sur le sol :

— Quand les Genêts émigrent à Potagèreville, c'est pour devenir balayeurs de rue ; moi, je préfère la vie sauvage sur ma colline.

Il s'arrache une petite fleur comme un papillon doré :

— Vous donnerez ceci à Iza-Belle avec les hommages du Genêt d'Or et vous féliciterez mon lointain cousin.

— Au revoir !

— À bientôt, les amis !

À l'orée du bois, ils aperçoivent encore le Genêt secouant sa tête d'or en guise d'adieu.

5
A tire-d'aile
vers Potagèreville

Le jour du départ pour Potagèreville est arrivé. Les Pommes sont astiquées. Croquant et Mira-Belle, tout beaux et reluisants, sont allés dire au revoir à Granny.

Le colonel Beurré-Hardy n'a pu convaincre sa moitié de Pomme ; pas plus que la Reine des Reinettes qui est venue elle-même lui proposer une place dans son panier privé.

Granny a invoqué les blettissures de l'âge et les fatigues du voyage. Elle a dit que sa robe verte n'était plus assez fraîche pour se rendre à la noce, qu'il y aurait trop de monde, trop de bruit à Potagèreville. Elle a donné tout un tas de raisons et fait tout un tas de recommandations. Bref, elle a refusé de partir.

— N'oublie pas de prendre ton médicament, au moins trois fois par jour, a-t-elle dit à Beurré-Hardy en glissant une flasque d'eau-de-vie dans son sac de voyage, et encore :

— N'oublie pas que les grands jardins ne sont plus ce qu'ils étaient...

Granny a répété ces phrases, mais pas une seule fois elle n'a dit qu'elle était contre ce mariage insolite. Pourtant il n'est pas un fruit, pas un légume, pas une herbe du Verger de Boscop qui n'ait compris pourquoi la vieille dame refuse de quitter son arbre traditionnel.

Croquant et Mira-Belle ont promis de faire attention.

— Vous me raconterez tout à votre retour.

— Promis, juré, au revoir Granny !

Et ils ont filé pour ne pas s'attendrir.

Ensuite ils sont montés sur l'espalier de la Louise-Bonne.

— Hé povres ! Que vous êtes beaux ! Et où allez-vous comme ça ?

— À la noce !

— De Daisy-Belle ?

— D'Iza-Belle !

— Pardi ! Portez-lui bien le bonjour pour moi.

Au pied de l'arbre-palais de la Reine des Reinettes, Roitelet et Rouge-Gorge ont avancé le panier en forme de caravelle. De son bec fin, la Bergeronnette a tissé chaque brin d'osier après les avoir fait reluire en les frottant entre ses ailes, puis elle a disposé deux petites banquettes de mousse bien dodue sur un tapis gris.

La Reine des Reinettes s'est installée auprès du colonel Beurré-Hardy qui a revêtu son grand uniforme, épinglé ses décorations et piqué une Rose d'Inde à sa boutonnière. Api, rayonnante, s'est assise entre Mira-Belle et Croquant, sur son tapis rouge. Bergeronnette est perchée sur l'anse du panier tandis que Roitelet et Rouge-Gorge, un fil d'or à la patte, attendent au bout des ailes que le vent foulu se lève pour les aider à décoller. Beaucoup de monde se presse autour du panier. Madame Rosa est venue apporter de sa meilleure pommade.

— On ne sait jamais, ça sert à tout.

— C'est comme le baume du Tigre[30] ; merci Madame Rosa, a dit le colonel en s'inclinant d'une façon charmante.

— Ça vous rappelle le Bengale, pas vrai colonel ?

C'est Madame Bintje. Elle est venue aussi pour assister au départ et faire son rapport à Madame Oseille.

L'Ail, comme toujours, pend au bras de son beau brin de Persil :

— Peuchère ! Que c'est beau ce panier !

Coco Blanc et Phénomène sont déjà partis avec Poireau. Ils ont pris le cageot du Mercredi qui se rend les jours de marché de Boscop à Potagèreville. On s'est donné rendez-vous sur la place.

Enfin le vent foulu s'est levé.

À tire-d'aile, Rouge-Gorge et Roitelet ont

enlevé le panier-caravelle dans un joyeux tourbillon. Les touffes d'herbe ont frémi en guise d'adieu. L'arrière-grand-poire a envoyé un baiser à sa pomme Granny qui agitait son mouchoir vert de la cime du poirmier.

Et Franquette[31], la Noix qui s'ébroue là-bas ! Elle ne sortait pas de sa coquille depuis quelque temps. En l'apercevant, Api et Mira-Belle se dressent sur leur banquette :

— Au revoir ma bonne Franquette ! crient-elles.

Bergeronnette les rappelle à l'ordre d'un léger coup de bec :

— Il est dangereux de se pencher à la portière !

À quelques mètres du sol, le panier-caravelle suit la route qui tortille entre les bois clairs des vieux châtaigniers et ceux, plus sombres, des jeunes générations de sapins qui envahissent la région de plus en plus.

On monte et on descend au gré des vallonnements. Api a un peu mal au cœur et ses joues ont pâli. Alors, discrètement, elle se remet du fard à joues.

Puis on arrive dans la plaine ; les champs et les prés sont vastes et plats ; la route est droite. Soudain, on aperçoit au loin un nuage de poussière.

— L'autobus ! crie Mira-Belle.

Elle se penche. Bergeronnette lui picore l'épaule et la Reine des Reinettes fait un signe aux pilotes Roitelet et Rouge-Gorge. Alors ils replient leurs ailes un instant pour descendre en piqué et planent au-dessus de l'autobus. Ballottant sur l'impériale, on aperçoit les cageots de fruits et de légumes. Assis tout au bord de l'un d'eux, pantalons flottant au vent, voici Poireau tout occupé à faire ses pitreries pour amuser la galerie.

Voyant le panier-caravelle et les mines réjouies de ses trois amis, il entonne une chanson que Phénomène et Coco Blanc reprennent en chœur :

Adieu Mira-Belle
Ma p'tite Pomme d'amour...

Le vent foulu emporte la suite. Mira-Belle a tellement rougi de plaisir que la cousine Api en pâlit de jalousie.

Le colonel Beurré-Hardy, mine de rien bien qu'il ait tout vu, a sorti la fiasque d'eau-de-vie de son sac de voyage. Il verse une goutte sur un morceau de sucre roulé dans un pétale de rose que lui tend la Reine.

— Tiens, ça te fera du bien, ma p'tite pomme d'Api.

Elle s'étrangle mais reprend aussitôt des couleurs.

— Nous atteindrons Potagèreville dans quelques instants. Vous êtes priés de rester assis jusqu'à l'atterrissage complet du panier, sifflent les deux pilotes.

Et voilà Potagèreville qui s'étend sous eux à perte de vue. Une grande allée sépare la ville en deux. À droite les vergers, à gauche les potagers. D'immenses carrés de tous les fruits, de tous les légumes, de toutes les couleurs possibles et imaginables. Les habitations, de hauteur et de taille différentes, sont groupées par quartiers bordés de chemins rectilignes. Beaucoup d'agitation, des jets d'eau à tous les carrefours ; ici de la fumée, là un énorme filet.

Mira-Belle, Croquant et Api s'étonnent et posent des questions auxquelles l'arrière-grand-poire s'empresse de répondre :

— Une usine d'armement contre les coléoptères et les rongeurs. Une fabrique de produits alimentaires. Un filet antigrêle...

— Et ces carreaux qui brillent au soleil ?

— C'est l'hôpital de Potagèreville. Sous les châssis, c'est la maternité. Les prématurés sont sous cloche.

Ils survolent enfin la grande place et le colonel montre les bâtiments qui la ferment : la banque O'Zeille Frères, le supermarché Mange-Tout[32], les P.T.T. (pour Pois-Téléphones[33] et Télégraphes), le journal *La Feuille de Chou Pommé* et La Serre.

— Quel bon hôtel ! Dans le temps, j'y ai fait des séjours bien agréables en compagnie de Granny-Smith, dit-il avec une pointe de nostalgie dans la voix.

6
Présentations et mise en boîte de nuit

Le panier-caravelle se pose sur la grande place de Potagèreville, près d'une magnifique fontaine de pierre sculptée de pommes d'amour aux joues gonflées qui crachent des cascades d'eau limpide.

La place est verte et rouge, et jaune et blanche de monde.

Monsieur le maire Melon, chapeau sur la tête, et sa Dame Citrouille qui a une tête comme ça, avancent vers le panier de la Reine des Reinettes.

Celle-ci descend, escortée de ses oiseaux gardes du corps, sur un tapis rouge et gris déroulé par Dame Bergeronnette. À ce moment, la fanfare des Haricots Blancs de Potagèreville entame l'hymne des Pommes :

Pomme de Reinette et Pomme d'Api
Tapis tapis rouge
Pomme de Reinette et Pomme d'Api
Tapis tapis gris !

Api rougit comme une Pomme d'Api qu'elle est.

Cachée par l'opulente silhouette de Dame Citrouille, nos amis n'avaient pas encore aperçu une très jolie Pomme, appuyée tendrement contre un Haricot jeune et svelte, à la peau sombre, une fine moustache ourlant sa bouche.

— Iza-Belle ! crie Mira-Belle en s'élançant vers eux.

Les deux cousines s'embrassent comme des folles. Elles se ressemblent comme deux pommes de même famille, bien qu'Iza-Belle ait le teint plus pâle de sa mère, l'Américaine Golden.

— Je te présente Feijão. Ma cousine Mira-Belle de Boscop.

— *Tudo bem*[34] ? fait celui-ci.

Il s'incline et baise la main de Mira-Belle puis celle d'Api.

— Je chancelle de vous voir si belles les Belles de Boscop !

C'est l'ami Poireau qui vient de sauter de l'autobus en marche dans une pirouette magistrale. La Pervenche qui fait la circulation siffle contre cette incartade, mais personne n'y prête attention.

On se présente. On se congratule. On s'embrasse.

— C'est comme au carnaval. Tout est permis. N'est-ce pas ma Belle ?

Feijão enlace Iza-Belle et chante et danse sur un rythme de samba :

Amanha, amanha[35]
Amanha nous nous marions !

Phénomène et Coco Blanc font la fête à leur cousin brésilien.

À quelques pas de là, le colonel attire contre lui une belle poire mûre qui semble fondre dans ses bras. Il la serre si fort que la petite couronne qu'elle porte sur la tête a glissé sur son œil d'une façon très comique.

Croquant donne un léger coup de coude à sa sœur :

— Eh ! regarde notre coquin d'arrière-grand-poire !

— Mais qui est-ce ? demande la Pomme, soufflée.

— C'est *notre* grand-mère la Duchesse ! s'exclame Iza-Belle en éclatant de rire.

— Jamais je ne l'ai vue dans un état pareil ! Sa dignité en prend un coup ! Mais, quel est donc ce superbe colonel ?

— *Notre* arrière-grand-poire ! précise Croquant ravi.

Tous se précipitent. De nouveau présentations, embrassades, félicitations. À leur groupe s'est jointe la grand-mère de Feijão, Madame du Pois Chiche née O'Zeille. Elle fait des frais d'une bouche pincée. Elle adore l'argent, en bonne fille de banquier, mais elle est aussi fort impressionnée par les couronnes et par les uniformes.

— Quel plaisir de vous voir, colonel, su-

surre-t-elle. Laissez-moi vous présenter mon fils et ma belle-fille.

On voit alors s'avancer un Pois Chiche tout rond et bedonnant ; à son bras, sa femme, la Fève Tonka[36], mère de Feijão. Beurré-Hardy claque les talons et s'incline :

— Une fort belle-fille en effet, Madame.

La beauté de la Fève Tonka n'a pas échappé au hardi colonel : une robe brune moule son joli corps à la taille bien prise. Elle lui sourit.

— Savez-vous colonel, poursuit Madame Du Pois Chiche, que c'est au pied du Pain-de-Sucre fondant sous le soleil qu'ils se sont rencontrés dans la galette des Rois ?

— Quelle chance vous avez eue, mon cher Pois Chiche.

— Père, intervient la Duchesse qui a réajusté sa couronne, vous n'oublierez pas de raconter à Granny-Smith que son arrière-petite-pomme, Iza-Belle, épouse un fils de famille royaliste.

À ce moment, le Haricot Roi des Verts fait une entrée triomphale sur la place, à la tête de son équipe. Les Haricots Verts viennent de gagner le match qui les opposait aux Haricots Rouges venus de l'Est pour les rencontrer sur le terrain de Potagèreville.

Poireau se penche à l'oreille de Mira-Belle :

— Puisque les Verts sont finalistes, les Rouges sont pessimistes parce que pour eux c'est la fin...

— Des Haricots !

Ils pouffent.

La Duchesse maintenant a l'air de se pâmer :

— Ah ! geint-elle, comme je regrette que mère ne soit pas venue !

— Hum ! grommelle Beurré-Hardy, et pourquoi, ma chère fille, ne viendrais-tu pas après la noce lui raconter l'histoire de cette charmante famille des Fèves royalistes ?

— C'est bien trop rude pour moi le Verger de Boscop... gémit la Duchesse en s'éventant d'une plume que Roitelet s'est arrachée galamment en la voyant défaillir.

Tous ces propos font sourire la Reine des Reinettes.

— Je vais me retirer et prendre quelque repos. Demain est un grand jour, dit-elle en souriant à Iza-Belle et Feijão.

— Bonsoir tout le monde, bonsoir Monsieur le Maire.

Monsieur le maire Melon, tout en gardant son chapeau sur la tête, fait un salut si profond qu'on lui voit toutes les côtes.

La vigilante Bergeronnette étend son aile sur les épaules de la Reine pour la protéger de la fraîcheur du soir.

— Je vais vous tresser un nid de camp, lui dit-elle.

Roitelet et Rouge-Gorge accompagnent la Reine des Reinettes en voletant autour d'elle jusqu'à l'entrée du grand hôtel de La Serre, où aura lieu la cérémonie du lendemain et où sont hébergées les personnalités invitées.

La foule se retire peu à peu.

— Quel est ce groupe de fleurs figées dans leur coin ? demande Iza-Belle à son arrière-grand-poire.

— Des Immortelles.

— Et ce groupe de fruits secs là-bas ?

— Des Mendiants.

Elle regarde encore la femme-Rhubarbe, mais ne pose plus de questions.

On s'est assis au bord de la fontaine. Poireau s'ébroue sous la cascade pour enlever la poussière de ses cheveux ébouriffés. Ses pantalons verts redeviennent tout lustrés.

Iza-Belle a saisi la main de Feijão et l'entraîne :

— On va nous attendre au Bean's Club.

— Qu'est-ce que c'est encore que cette bête-là ?

— C'est la discothèque. Feijão et son orchestre « Les Black Beans » y jouent ce soir. Retrouvons-nous tous là-bas !

— Ton frère Hercule, Poireau, est un fameux musicien. Quel rythme au piano ! Et quelle force dans la voix !

— Je te rappelle, mon cher Feijão, que l'empereur Néron nous dévorait tout cuits quand il voulait une belle voix pour pousser des roucoulades. Il faisait de nous un si grand nombre de victimes qu'on le surnomma « le porrophage ».

— Intéressant, approuve le colonel Beurré-Hardy, nous en conclurons que les Poireaux ne sont pas bêcheurs mais béchiques.

— ?

— Béchique veut dire : qui empêche de tousser et donne une belle voix. Et maintenant, poursuit l'infatigable arrière-grand-poire, j'ai soif ! Donc, en route pour la... disco !

— Bravo arrière-grand-poire ! Jamais je n'aurais imaginé que vous étiez si au parfum dans le Verger de Boscop !

Iza-Belle saute au cou du colonel :

— À tout à l'heure ! Il y a une Lentille à l'entrée, qui fait le tri, vous n'aurez qu'à dire qui vous êtes.

Elle s'enfuit et disparaît avec son Feijão derrière La Serre, Phénomène et Coco Blanc sautillant derrière eux.

Vivement Api se remet du fard à joues et Mira-Belle de la pommade Rosa. Croquant roule des épaules et Poireau fait une pirouette. Tous emboîtent le pas martial du colonel.

Deux vers luisants éclairent l'entrée du très privé Bean's Club

L'œil noir de la Lentille brille derrière ses lunettes. Elle passe la tête dans le judas, la petite ouverture pratiquée dans la porte et qui lui permet de trier les clients.

— Nous sommes...

La porte s'est ouverte aussitôt.

— Entrez, je suis prévenue. Bonsoir, colonel Beurré-Hardy, bonsoir Mademoiselle de Boscop, bonsoir, bonsoir...

— Bua [37] ! appelle-t-elle. Bua !

Un grand Haricot Noir en smoking apparaît, entrouvrant le rideau écossais qui ferme l'entrée et libérant une bouffée de musique endiablée.

— Bua, dit la Lentille, veux-tu donner une bonne table à ces messieurs-dames Pommes-Poires.

Derrière le grand Bua, nos amis descendent un escalier qui tortille comme une rame de pois sur son tuteur.

En bas, tout est en forme de haricot. Sur chaque table, un petit bouquet de pois de senteur piqué dans une pomme de cristal embaume. Rayons laser blancs, noirs, verts.

— Sympathique ! dit le colonel.

— Écologique ! approuve Api en rougissant.

— Bucolique ! enchaîne Mira-Belle.

— Psychédélique ! hurle Croquant à cause du bruit.

— Et même haricomique ! ajoute Poireau et, dans un courbette profonde, il invite Mira-Belle à danser, tandis que Croquant entraîne Api toute rouge de plaisir et que Beurré-Hardy commande du champagne.

Sur l'estrade, les Black Beans sont déchaînés. Ils accompagnent la chanteuse Baby-

Gold, une Pêche à la voix aussi veloutée que la peau.

Iza-Belle est assise sur le piano. Tantôt elle suit les doigts agiles du grand Poireau qui ondule sur le clavier au rythme des accords vigoureux tantôt elle regarde amoureusement son Feijão s'étirant du haut en bas de sa contrebasse. Quant à Canning King[38], il tire de sa trompette des sons à faire fondre une Poire verte. D'ailleurs, toute la salle écoute avec une émotion intense et, quand Amos Black[39] amorce un solo de batterie étourdissant, il déclenche une vague d'hystérie à casser les Pois.

Alors la pulpeuse Baby-Gold, traînant le fil de son micro, marche sur le devant de la scène, côté jardin. Elle annonce de sa voix de velours :

— Jé vais vous chanter lé Black Bean's blues.

Roulement de tambour, hourras, sifflets, trépignements accueillent cette annonce.

Un clin d'œil à Feijão, Baby-Gold se tourne vers Iza-Belle et chante.

For you la Belle we're singing
Because you love the Bean's King.
It's good to have a Black Bean
Under your skin.

Canning King reprend la dernière phrase à la trompette et Baby-Gold enchaîne :

Iza-Belle nous chantons pour toi
Tu aimes Feijão le Roi des Pois...
C'est bon d'avoir un Haricot Noir
Dans la peau !

Feijão s'est emparé du micro et rame sur le fil :

Ma Pomme, la Belle, ma Pomme c'est
   toi
Je suis le plus heureux des Pois !

Tous chantent ensemble :

It's good to have a Black Bean
Under the skin.

Tendrement enlacés ou chacun pour soi, fruits et légumes sautent, tournent et roulent sur la piste. Poireau est un excellent danseur. On fait cercle autour de lui pour admirer ses acrobaties. Il a tant fait sauter et virevolter sa Belle pomme de Boscop qu'elle n'en peut plus.

— J'ai les jambes en compote, dit-elle en retournant s'asseoir à la table où l'arrière-grand-poire s'entretient galamment avec la belle Fève Tonka.

Celle-ci est venue en compagnie de la Noix de Cola, son amie sud-américaine. Le colonel commande une autre bouteille de champagne tandis que la Noix de Cola demande un Coca.

Api, l'air fort dépitée, est revenue seule s'asseoir à la table.

— Croquant exagère ! Il n'a d'yeux que pour ces créatures, dit-elle à l'oreille de Poireau en jetant un regard mauvais du côté du bar.

Là trône, en effet, perché sur de hauts tabourets, un trio superbe et bien connu pour faire courir tout Potagèreville. Il s'agit de Grosse Mignonne, la Pêche dodue à la chair nacrée, de Griotte, une cerise très fardée, et de la Groseille délurée.

Une cour se presse autour d'elles, Phénomène et Coco Blanc sautillent. Croquant roule ses belles épaules.

Api est rouge de colère :

— J'espère qu'il va lui arriver des pépins comme avait prédit Granny-Smith.

— « Les terrifiants pépins de la réalité », enchaîne Poireau citant Prévert.

Puis il se contorsionne pour dérider la pauvre Pomme d'Api :

— Quelle déconfiture ! gémit-il.

À ce moment-là, un beau fruit exotique tout vêtu d'ocre jaune s'est approché de la Fève Tonka pour la saluer. Celle-ci a tout remarqué. Gentiment elle se tourne vers Api :

— Chère Pomme d'Api, je vous présente Maracuja[40], le Fruit de la Passion, un très grand ami brésilien de mon fils Feijão.

— Voulez-vous danser ?

Api, l'air mi-figue mi-raisin, hésite un instant, puis, soudain ravigotée, s'en va danser avec son Fruit de la Passion. Poireau s'est penché vers Mira-Belle et fredonne :

Qui va à la cueillette
Perd sa Pommette...

Elle sourit, malicieuse.

Une bagarre éclate au bar. Une bande de Poivrons et de Citrons givrés ayant interpellé Grosse Mignonne et Griotte de façon trop pressante à leur goût, celles-ci ripostent avec un langage vert. Tout le monde s'en mêle. Cageots et paniers, pois de senteur et pommes de cristal volent en éclats. Les injures pleuvent de tous côtés :

— Tu vas recevoir une pêche !

— T'es pas chiche !

— Tu perds la ciboule !

— Eh pommé !

— Patate !

— Pourri !

Tout y passe, même les fruits véreux.

— Ils sont ronds comme des petits pois, dit le colonel, flegmatique, puis se tournant vers la Fève Tonka :

— Oh ! excusez-moi ma chère, je ne voulais pas être grossier.

— Vous vouliez dire qu'ils sont beurrés, lui répond-elle en riant.

C'est alors qu'intervient Bua, le grand Haricot Noir, accompagné de Maître l'Avocat marron et d'une Pervenche de service :

— Nous allons nous plaind' au mai' de Potagè'ville ! crie Bua.

— Fayot !

— Toi-même !

Très vite Feijão a fait un signe aux musiciens. La samba démarre, envoûtante, irrésistible. Lui, tout en faisant gémir sa cueca[41], danse, souple et drôle. Il s'approche de Baby-Gold. Joue contre joue, leurs bouches dans le micro, ils se mettent à chanter :

Nous-allons-nous-plaind'
Au-mai'-de-Potagè'ville
Oui-nous-nous-plaind'ons
À-monsieur-le-mai'-Melon.

Comme par enchantement, la querelle s'apaise et fait place à un trémoussement général. Tout le monde s'est mis à danser : Bua avec la Pervenche, Groseille avec son Maquereau. Croquant a invité la Griotte à la bouche très rouge. Quand il passe auprès du couple Api-Maracuja, celle-ci dit très fort, en se serrant passionnément contre son cavalier :

— Vous ne trouvez pas qu'elle est blette ?

La riposte est immédiate :

— Tu veux une tarte pov' pomme ?

Croquant, mi-confus mi-rieur, entraîne la cerise à l'abri des silhouettes imposantes du couple que forment Grosse Mignonne et Messire Potiron.

Quant à Beurré-Hardy, eh bien, il danse lui aussi. Il a passé son bras autour de la taille fine de la Fève Tonka et s'est aventuré sur la piste. Feijão, Iza-Belle, Baby-Gold, tout l'orchestre leur font une ovation. Pour eux ils jouent une valse lente.

— Votre fils est charmant et infatigable. Quel entrain ! quelle gaieté !

Eh hop ! l'arrière-grand-poire fait tourner la belle Fève.

— Feijão est comme mon père, un grain de Café qui ne dort presque jamais. Il est d'une activité intellectuelle et physique extraordinaire. Il arrive demain matin du Brésil pour le petit déjeuner ; je suis sûre qu'il ne sera même pas moulu par le voyage.

Et un, deux, trois.

— Et votre mère ? demande le colonel.

— Elle était colombienne et s'appelait Nicotiana Tabacum[42].

— Elle a dû faire un tabac en Amérique du Sud.

— Oh oui ! Hélas, elle est partie très vite en fumée.

— Je suis désolé...

— Ne soyez pas, cher colonel... ne trouvez-vous pas que monter au ciel dans une volute de fumée est une fin plus belle que de mourir en purée...

— Ou en compote. Vous avez tout à fait raison, chère Fève Tonka.

Quand s'achève la valse, Beurré-Hardy très discrètement tire son oignon et, constatant l'heure tardive, dit :

— Je ne serai pas frais demain matin...

Il cueille la Rose d'Inde à sa boutonnière

et l'offre en guise d'adieu à la Fève Tonka.
Puis il se fond dans la foule.

Arrivé au pied de l'escalier, il se retourne
brusquement et lance d'une voix tonitruan-
te :

— Rrrrassemblement ! En avant... marche !

Sa petite troupe le rejoint aussitôt. On ne
discute pas les ordres du vieux colonel. Seul
Croquant manque à l'appel.

— Sans doute n'a-t-il pas entendu dans ce
brouhaha, dit l'arrière-grand-poire à l'inten-
tion de la pauvre Pomme d'Api, puis, grom-
melant dans ses bajoues :

— Après tout, il atteint sa maturité...

Une grande chambre tiède leur a été ré-
servée dans La Serre. Le colonel Beurré-
Hardy se glisse dans son panier à baldaquin
après avoir pris une gorgée de son remède.
Les autres sont répartis dans de petits cageots. Api s'est enroulée dans son tapis rouge en se demandant si elle n'allait pas rêver
au Fruit de la Passion.

7
La grande parade

Au moment où le soleil entrait par la fenêtre pour dire bonjour à nos amis, la porte s'ouvrait brutalement sur une accorte pomme de chambre :

— Debout les fruits et légumes du Verger de Boscop ! dit-elle en posant le plateau du petit déjeuner, chargé de gnôle, de rosée fraîche et de miel.

Un peu étonné par sa grosse voix et par ce salut pour le moins familier, l'arrière-grand-poire tire le rideau de son panier à baldaquin ; apercevant le tablier blanc et le bonnet tuyauté, il répond : « Bonjour, mon petit » et fait le poirier.

Les autres ont vivement sauté à bas de leurs cageots. Api roule son tapis et se dirige en traînant ses pieds nus vers le plateau. Comme elle se sert une tasse de rosée, voilà que la pomme de chambre, tout en lui pinçant la taille, lui glisse un baiser dans le cou en chuchotant :

— Bonjour ma petite Pomme d'Api.

La tasse tombe par terre.

— Croquant ! Tu n'est qu'un croquant ! hurle Api en lui arrachant son bonnet tuyauté.

Tout le monde éclate de rire et personne ne songe plus à lui demander d'où il vient.

— Allons ! Astiquez-vous ! dit le colonel en versant de l'eau-de-vie dans sa tasse de rosée.

— Croquant, puisque tu fais si bien le service, va donc me chercher une rose d'Inde fraîche.

Quand ils sont fin prêts, astiqués, reluisants, la petite bande du Verger de Boscop, avec le fringant colonel en tête, descend le grand espalier, traverse le hall de l'hôtel, salue le vieux Pois-Téléphone qui s'affaire au standard et va se mêler à la foule des curieux massés sur la place de Potagèreville.

Venus de tous les coins de France, cousins et familiers des Boscop et des Pois Chiches se pressent en attendant les invités de haute qualité : Rois et Reines, Étrangers et Géants[43]. C'est seulement quand ils seront tous placés sous la grande verrière de La Serre, qu'arrivera la mariée.

Mira-Belle et Croquant sont allés embrasser la Reinette de Saintonge et la Louise-Bonne d'Avranches. La Mirabelle de Nancy papote avec la Quetsche d'Alsace. Le colonel Beurré-Hardy va gentiment saluer l'ancien combattant Rutabaga, un nostalgique de la Seconde Guerre mondiale, retombé dans l'oubli depuis 1945 :

— C'était le bon temps...

Voilà tout ce qu'il sait dire.

— Chacun son tour ! dit à la cantonade la pomme de terre Belle de Fontenay[44] en clignant de l'œil à l'adresse de la fraise Belle de Meaux[45] qui, elle, en temps de disette n'était pas gâtée.

Le Céleri-Rave de Gennevilliers et le Chou Pommé de Paris, tout en écoutant leurs salades, dévorent des yeux Grosse Cancalière et Fine de Rouen, les Chicorées qui se sont fait si bien friser pour la noce.

Quant aux Pois, Petit Provençal et Petit Breton, ravis de se rencontrer, ils jouent à cache-cache derrière les grosses légumes.

— Chu-ut ! fait quelqu'un dans la foule. La Belle Jardinière !

— Vive le ministre de la Culture ! crie un autre.

Et voilà Madame Cresson bottée de vert, qui descend de sa limousine noire suivie du Haricot Soissons, ancien ministre des Jeunes Pousses. Le Sénateur Cazeneuve[46], représentant des Pêches du Midi, les accompagne. Monsieur le maire Melon les accueille et les confie à son adjoint, Monsieur de Cantaloup[47], qui est aussi chef du protocole à Potagèreville.

Il a fort à faire aujourd'hui pour placer

chacun au rang qui lui est dû, sous la grande verrière. Il doit aussi faire très attention à n'offenser personne.

Le voici d'ailleurs écartant Mendiants, Immortelles et badauds, et courant aussi vite que possible sur ses courtes jambes vers le premier couple de Tomates royales, flamboyantes dans leurs habits satinés. Ce sont le Roi Humbert et la Reine des Hâtives. Celle-ci, toujours pressée, a sauté de son panier, bousculé les photographes papa-radis[48] et a couru sous la grande verrière avant même que le pauvre Monsieur de Cantaloup n'ait eu le temps d'intervenir. La Reine des Hâtives s'est assise auprès de la Reine des Reinettes, déjà paisiblement installée au premier rang, à la place qui lui est dévolue en temps que Reine de la même famille que la mariée. Non loin d'elle, perchés sur un palmier, veillent en sifflotant, les oiseaux gardes du corps.

Courbant les côtes et se tenant la tête, Monsieur de Cantaloup, très perplexe, est retourné exposer son problème à Monsieur le maire Melon :

— Ce sont les trois Rois des Haricots, dit-il, que j'avais placés auprès de...

Les applaudissements et les cris enthousiastes de la foule couvrent ses paroles.

Voici la fanfare du bataillon d'Écossés verts et blancs de la garde des trois Rois des Haricots : le Roi des Verts, le Roi des Beurre, et le Flageolet Roi des Belges arrivent tels les Rois Mages, tout chargés de présents. Derrière eux apparaît la barquette de la Reine des Vallées, une grosse Fraise rutilante, précédée de sa jeune sœur la Reine des Précoces, qui la ramène un peu.

Puis vient la Pêche Reine des Vergers, toute de velours rose vêtue :

— Vive Ma Reine ! hurle Grosse Mignonne en bousculant les spectateurs pour se mettre au premier rang.

Enfin apparaît la Reine-Claude diaphane. Un murmure admiratif parcourt toute la place de Potagèreville à son passage. C'est qu'elle est très belle, la Reine des Prunes sous son panache blanc.

— Savez-vous, les Pommes, demande Beurré-Hardy, pourquoi la Reine-Claude porte toujours un panache blanc dans les grandes circonstances ?

— Non, pourquoi ?

— En souvenir de son ancêtre qui était la Prune favorite du Roi François 1er. Pour lui prouver son amour, il lui donna le nom de sa femme, la Reine Claude.

Enfin passe, digne, brillante et pommée à souhait, la toute fraîche laitue Reine des Glaces.

Le défilé, interrompu pendant quelques instants, reprend avec les Étrangers :

— Regardez nos cousines ! dit Beurré-Hardy en montrant la Reinette du Canada et la Belle de Boskoop. Celle-ci est descendue de Hollande accompagnée de la Carotte d'Amsterdam.

Venus de tous les pays, les amis Étrangers défilent : au milieu d'un groupe d'Italiens volubiles, la Laitue Romaine et son Chou de Milan discutent ferme avec les rouges, comme la Groseille Turquoise et la Tomate San Marzano.

Et voilà le passage très attendu et très remarqué de l'armateur grec Fassolaki[49], un Haricot Vert de la mer Égée. Il est en compagnie de Dame Pistache et de la Pomme chanteuse « Peas Good Non Such[50] » du Rétropomitan de New York. Son yacht *Coquille-de-Noix 7* est amarré au Pont des Rigoles, à l'entrée de Potagèreville.

Ginseng, l'acupuncteur de la région, panacée originaire de Mandchourie, est sorti de son trou noir pour faire des courbettes à l'Igname de Chine, pendant que le Céleri de Prague donne l'accolade au camarade yougoslave, le Coing Beretski.

Quant à la Néo-Zélandaise Pomme Démocrate, elle marche à côté des pompes reluisantes de son compatriote Kiwi.

Quand apparaissent les têtes des Géants dominant toute la foule, le colonel Beurré-Hardy fait un signe à ses arrière-petites-pommes Croquant et Mira-Belle. Il est temps pour eux d'aller prendre leurs places dans le parterre de la famille. Ils se faufilent à l'intérieur de La Serre jusqu'à la grande verrière toute bruissante des chuchotements de l'assemblée. Tous trois se dirigent vers la gauche du chœur, côté de la mariée, et vont s'asseoir derrière les Boscop, parents d'Iza-Belle, et la Duchesse sa grand-mère. La Golden porte une immense capeline jaune qui bouche toute la vue, alors on se pousse d'un rang. La Duchesse a un diadème assorti à sa cape mordorée. Elle se retourne sans arrêt vers le parterre des Rois et des Reines, ébauchant une révérence à l'une, un sourire à l'autre.

— Père, bêle-t-elle, comme je suis émue ! Je crois que je vais fondre !

Et plouf ! Elle se laisse choir sur sa banquette de paille de riz pour se relever aussitôt et regarder qui entre.

Immobile, en queue-de-pie et nœud papillon, un panama à la main, ses moustaches bien cirées, Feijão attend sur son pouf de pois de senteur. Il fixe les rosaces et les papillons entrelacés qui ornent le dôme de la grande verrière. Ils forment le nouvel emblème des familles Rosacées et Papilionacées. C'est le Grand Porte-Greffe de Hongrie, le Coing Vania, qui va les unir tout à l'heure. Rappelons que le coing était le fruit préféré de Vénus, la déesse de l'Amour.

Derrière Feijão, sa mère, la belle Fève Tonka, porte un turban couleur tabac. Elle est assise entre son rondelet Pois Chiche de mari et son père, le Grain de Café à l'œil vif et noir. Celui-ci ne tient pas en place, va nerveusement de l'un à l'autre, chuchotant des histoires et faisant rire tout le monde.

— On dit qu'il est capable de dérider les plus vieilles Pommes, chuchote Mira-Belle à son arrière-grand-poire.

— Sais-tu même ce qu'Homère disait de son lointain ancêtre venu d'Éthiopie ? Qu'il « dissipait miraculeusement la tristesse ».

— Regardez l'O'Zeille comme elle a l'air pincée, dit Croquant tout bas en riant.

En effet, Madame du Pois Chiche née O'Zeille jette un regard sombre et aigre vers le Grain de Café qui est allé s'asseoir un instant au milieu d'un groupe très coloré, ses amis. Ce sont les intellectuels, les exotiques, les hippies... Parmi eux, le Pavot superbe et inquiétant, Marie-Juana de Colombie, un Coquelicot fragile et raffiné, l'Œillet du Poète et le Désespoir du Peintre[52], un modèle aux couleurs si subtiles, si délicates que même Monet n'a pu faire son portrait.

— Pfft ! des fleurs... Quelles fréquentations ! dit Madame du Pois Chiche à son fils qui fait le dos rond.

La Fève Tonka fait semblant de ne pas entendre l'aigre réflexion de sa belle-mère et adresse un petit signe amical aux amis de Grain de Café, son père.

Dehors le défilé des Géants prend fin. Le Salsifis Mammouth et la Scorsonère Géante Noire de Russie, longs, minces, leurs grandes chevelures ondulant au vent, ont fait pâlir les Navets. Derrière eux marchait le Poireau d'Elbeuf, le Monstrueux comme on l'appelle ; ses pantalons verts immenses et très larges frôlaient les spectateurs. L'ami Poireau s'est approché de lui le plus possible et a constaté que sa propre tignasse n'arrivait guère qu'à la hauteur du gilet blanc du Monstrueux d'Elbeuf.

Quant à l'énorme Scarole, frisée comme une Afro-Cubaine, elle a beaucoup fait parler les salades.

Le cassis Géant de Boskoop et la Cerise Bigarreau d'Hedelfingen roulaient de conserve.

Quand le chef du protocole, Monsieur de Cantaloup, eut fini de les placer sous la verrière, au dernier rang comme il se doit pour des Géants, en raison de leur taille qui boucherait la vue à quiconque serait debout derrière eux, on vit arriver le dernier des Géants.

Imposant par son poids — il ne pèse pas moins de deux kilos — et par sa taille — il est haut comme trois pommes —, superbe et majestueux dans son manteau de velours or jaune, le Coing Vania est spécialement venu de Hongrie pour unir la Pomme Iza-Belle de Boscop au Haricot Noir Feijão du Pois Chiche.

— Oncle Vania ! Vive l'oncle Vania ! crient les Poires, les Pommes et bien d'autres encore.

C'est qu'il est apparenté à beaucoup de

monde, ce Coing-là ! Depuis la plus haute Antiquité son arbre, le cognassier, préside aux mariages-greffages de très nombreuses espèces. Il est le père nourricier des greffons qui ont donné naissance à d'innombrables variétés de fruits, dont la poire Beurré-Hardy.

Ce qui explique le profond salut du colonel à son passage.

Donc l'oncle Vania, Grand Porte-Greffe de Hongrie, entouré de quatre Coings, traverse lentement la grande verrière de La Serre de Potagèreville. Dominant la foule de sa haute stature, il serre les mains tendues des petits Cotignacs[52], fait un sourire en coing au Yougoslave Beretski. Puis le vieux Coing tranquille gagne le cœur de la verrière et s'immobilise entre ses quatre Coings. Le patriarche fait face à l'assemblée debout et silencieuse. On n'attend plus que l'arrivée d'Iza-Belle.

Soudain toutes les clochettes se mettent à sonner. Les musiciens et la chanteuse Baby-Gold, dissimulés dans une rosace, entament la marche greffiale des fruits et légumes. La porte s'ouvre à deux battants : derrière le bicorne du Haricot Suisse apparaît la corbeille de la mariée, portée par six Haricots Blancs.

Ah ! comme elle est belle la Belle de Boscop ! Pomme radieuse aux pommettes rosies par la pommade Rosa. Son léger voile à pois flotte loin derrière elle. Sa traîne de pétales de fleurs de pommier est portée par six petites pommes d'honneur qui donnent la main à six petits pois. Iza-Belle presse contre elle un joli bouquet garni.

Tous ceux qui attendaient sur la place de Potagèreville se sont engouffrés derrière les petites pommes d'honneur. Ils s'entassent sur de grands sacs de jute prévus à cet effet. Poireau a gentiment traîné Api et son tapis non loin de Croquant et Mira-Belle. Api boudait encore mais ne demandait que cela. Elle a laissé Maracuja, le Fruit de la Passion, aller se joindre au cercle des amis exotiques du Grain de Café. Quant à Phénomène et Coco Blanc, ils papillonnent chez les Papilionacées.

La corbeille de la mariée est délicatement déposée au pied du Grand Porte-Greffe de Hongrie. Feijão, très ému par la beauté de sa Pomme, l'aide galamment à descendre. Le Suisse arrange le voile et la traîne en une corolle autour d'Iza-Belle. Puis il installe les petites pommes et les petits pois d'honneur entre les quatre Coings en leur recommandant de ne pas jouer et de ne pas faire de blagues.

8
Le Serment
du Jus de Pomme

Les clochettes se sont tues. Baby-Gold et la musique aussi. La cérémonie va commencer. L'assemblée haletante exhale des parfums d'une variété extraordinaire, comme sur les plus grands marchés du monde.

Le Grand Coing de Hongrie prend la parole :

— Mes bien chers fruits et légumes ! Grâce à votre culture et à votre maturité, nous avons aujourd'hui à Potagèreville la primeur d'unir une Pomme d'Europe à un Haricot d'Amérique latine. C'est exemplaire, et j'en suis le plus heureux Coing de la terre.

Un frisson de bonheur court sous La Serre.

— Bravant toutes les conventions, voici deux familles de racines traditionnellement différentes, mais toutes deux d'égale bonne souche, qui vont prouver au monde entier que l'amour et le bon goût n'ont pas de frontières.

Satisfaction dans les rangs familiaux où les regards s'entrecroisent.

— La Pomme est irrésistible ! C'est un fait, ma chère Iza-Belle, continue l'oncle Vania. On sait que votre famille resplendit dans les plus beaux jardins du monde depuis que notre mère Nature existe, et que bien peu lui ont résisté : Adam et Ève vous ont cueillie au Paradis ; le dieu Hercule est allé vous cueillir au jardin des Hespérides... N'est-il pas naturel aujourd'hui que Feijão soit venu du Brésil pour vous cueillir au jardin de Potagèreville ?

Les Rosacées sont toutes rouges. L'émotion gagne le parterre. La Fève Tonka sourit. La Duchesse a sorti son mouchoir. La Pomme d'Api est comme une tomate.

Maintenant le Grand Porte-Greffe se penche sur Feijão :

— La famille des Haricots est non moins prestigieuse : il suffit de rappeler qu'elle doit son nom au Grand Aztèque Ayacotli. Je voudrais aussi, mon cher Feijão, rendre un hommage à votre famille maternelle...

Regard acide de l'O'Zeille à la Fève Tonka imperturbable.

— Le Café, mes chers fruits et légumes, poursuit l'oncle Vania, exaltait le Grand Muphti dans ses prières ! Il débarqua à Venise, prisonnier des Turcs, et fut libéré par les Autrichiens qui le menèrent à Vienne où un accueil triomphal lui fut réservé. La renommée du Café Viennois, votre ancêtre, n'est plus à conter... Il fut apprécié à la cour du Roi-Soleil et dans toute l'Europe. Bref! Si les plus grands artistes ont peint et chanté la Pomme, si les Haricots sont des musiciens incomparables, le Café n'a jamais cessé d'être l'ami fidèle et vigilant non seulement des poètes et des intellectuels, mais aussi des savants et des travailleurs de tous les pays!

Un tonnerre d'applaudissements fait trembler la grande verrière. Les fruits tournent et boulent. Les légumes pivotent. Les oiseaux protecteurs des Pommes en général, et de la Reine des Reinettes en particulier, s'ébrouent.

Puis tous redeviennent calmes et silencieux, immobiles et attentifs : la cérémonie du greffage commence.

Les quatre Coings s'avancent vers le centre, deux Coings portant chacun un rameau, deux Coings portant chacun un petit pot qu'ils présentent au Grand Coing. Celui-ci rapproche avec douceur Iza-Belle de Feijão et pose sur chaque tête un rameau dont les bourgeons s'entrecroisent. Il dit :

— Feijão du Pois Chiche, voulez-vous prendre pour pomme Iza-Belle de Boscop ici présente ?

— Oui ! claironne Feijão.

— Iza-Belle de Boscop, voulez-vous prendre pour haricot Feijão du Pois Chiche ici présent ?

— Oui, répond en rosissant la Belle de Boscop.

Alors le Grand Porte-Greffe saisit les petits pots et verse le baume de Saint-Fiacre sur les têtes d'Iza-Belle et de Feijão :

— Que cette pommade faite de résine, de cire d'abeille et d'huile de lin fortifie votre greffage, pour les meilleurs et pour les pires pépins, jusqu'à la fin des haricots.

L'émotion est à son comble. La grande verrière est embuée par les larmes de l'assistance. Voyant fondre Mira-Belle, le colonel Beurré-Hardy se penche vers elle :

— Sais-tu mon arrière-petite-pomme chérie, lui dit-il tout bas, qu'autrefois, dans mon jeune temps, l'onguent de Saint-Fiacre était fait d'un mélange pâteux, de terre et de bouse de vache ?

Mira-Belle essuie ses joues et rit doucement :

— C'est fou ce que je t'aime, arrière-grand-poire ! Et elle lui plante un baiser.

La voix forte de l'oncle Vania s'élève à nouveau :

— Et maintenant, dit-il, le moment est venu de prêter le Serment du Jus de Pomme sur l'air de *La Trompette des Haricots* !

Là-haut, Canning King, le Haricot roi de la trompette, entonne un air triomphant, tandis que la Belle et le Feijão récitent la mélopée d'amour, ensemble ou chacun à son tour :

— Je serai une bonne Pomme.
— Je ferai le bon Pois.
— Je ne sèmerai pas la discorde.
— Je ne serai pas chiche avec toi.
— Même quand on en verra
Des vertes et des pas mûres,
On s'aimera, on sèmera.
— Je le jure.
— Je le jure.

Et tonne la voix du Grand Porte-Greffe de Hongrie :

— La Belle et le Feijão, je vous déclare Pomme et Pois unis par les liens du greffage. Allez et semez !

Une immense clameur s'élève, couvrant le « Pouah ! » de Chiendent. La joie et l'enthousiasme font éclater toutes les barrières et tous les préjugés. On voit s'embrasser non seulement ceux qui s'aiment, mais on assiste à quelques transports pour le moins peu communs.

Voilà, par exemple, Madame du Pois Chiche née O'Zeille, subitement radoucie, qui se jette sur une Gueule-de-Loup amie du Café pour lui pincer gentiment le museau ! Et la Reine des Glaces fondant sur le Roi des Beurre ! Et la Scorsonère Géante Noire de Russie donnant l'accolade à l'Igname de Chine, tandis que la Pomme Démocrate s'écrase devant la Reine des Reinettes !

Quant à la Laitue Romaine, elle serre sur

son cœur une gousse d'Ail. Et la Duchesse, écroulée de rire, cherchant à quatre pattes sa couronne que Petit Breton lui a volée pour jouer au cerceau... Mais ce qu'on a vu de plus incroyable, c'est encore la Griotte et la Pomme d'Api comparant en riant leur maquillage :

— Je vous croquerai toutes les deux, a dit ce coquin de Croquant.

Api tout d'abord a pâli, puis, oubliant tous ses pépins de pomme, a rougi comme son tapis. Et beaucoup ri.

Trois pirouettes, deux courbettes, voici Poireau planté devant Mira-Belle :

— J'ai quelque chose à te dire...

— Je t'écoute, répond-elle tendrement.

De ses longs bras doux, il lui entoure les épaules et penche sa petite tête ébouriffée. Il hésite, et puis :

— Feras-tu longtemps poireauter le crétin microcéphale et amoureux que je suis ?

Le colonel Beurré-Hardy, auquel rien n'échappe malgré son air distrait, s'est approché d'eux. Il dit, comme ça, mine de rien :

— Voulez-vous que nous demandions au Grand Coing de Hongrie de venir bientôt au Verger de Boscop ?

Poireau s'est redressé, blême d'émotion. Les yeux et les pommettes d'Iza-Belle se sont illuminés.

— Jamais la terre ne portera un meilleur arrière-grand-poire que toi ! lui dit-elle avec ferveur, et soudain, perplexe :

— Mais que dira Granny-Smith ?

— Que les grands jardins ne sont plus ce qu'ils étaient... Que les temps ont changé...

On discerne une pointe de mélancolie dans la voix du vieux colonel ; puis, secouant vigoureusement ses bajoues, il ronchonne :

— Et foin d'attendrissement ! Il faudra bien qu'elle s'y fasse !

Poireau voudrait dire quelque chose, mais le colonel a tourné les talons :

— Allez vous mettre en rang !

Le ton est sans réplique. Iza-Belle, blottie contre Poireau, va rejoindre le cortège qui se forme dans un désordre indescriptible.

Devant La Serre, badauds et invités se sont massés pour regarder la sortie :

Le couple radieux des nouveaux mariés, sans cesse ralenti par les culbutes joyeuses des petites pommes d'honneur et les sautillements des petits pois, fend doucement la foule. On leur jette des pétales, du riz, de l'huile douce et de la bonne terre mêlée à une poudre légère de sels minéraux.

Derrière eux plane la capeline jaune de la Golden, mère de la mariée, sous laquelle disparaît le petit Pois Chiche bedonnant, père du marié.

Puis marche fièrement le colonel Beurré-Hardy qui, faisant fi du protocole, a pris d'autorité la belle Fève Tonka à son bras, laissant Madame Du Pois Chiche née

O'Zeille marcher côte à côte avec le maire Melon.

Vient ensuite la Duchesse, couronne à nouveau bien vissée sur sa tête, avec le Grain de Café tout brûlant d'excitation. Quant à Boscop, le timide père d'Iza-Belle, il s'est retrouvé sans comprendre avec la Reine des Reinettes à son bras gauche, ce qui est tout à fait normal, mais aussi avec Grosse Mignonne pendue à son bras droit.

Les Coings Géants Vania de Hongrie et Beretski de Yougoslavie, encadrant la Belle Jardinière, s'entretiennent de la culture dans les pays de l'Est.

Enfin viennent les couples Mira-Belle et Poireau, Croquant et Api, Griotte et Maracuja, et caetera, et caetera.

Monsieur le maire Melon et Dame Citrouille ont eu, de conserve, une idée dans leur grosse tête : faire une surprise à leur chère commune de Potagèreville. Alors ils ont fait remplacer l'eau de la fontaine par du vin de Champagne.

Et la noce finit dans un bain pétillant d'ivresse.

C'est au milieu de la liesse générale, dans une envolée de papillons blancs, que Feijão et Iza-Belle se sont éclipsés à bord d'une bulle dirigeable irisée.

Ils ont mis le cap sur l'Amérique du Sud.

Ils passeront leur lune de miel au Brésil et peut-être même y prendront-ils racine.

Alors, si d'aventure là-bas vous voyez un jour des haricots noirs se balancer aux branches d'un pommier, ou bien des pommes ramer dans un potager, ou encore si on vous régale d'une feijoada pommée, n'en faites pas une histoire.

Courez demander la recette à l'oncle Vania.

Peut-être le trouverez-vous au sommet de l'arbre généalogique du vieux Verger de Boscop... Ce n'est pas tellement sûr.

En effet, après avoir longuement écouté les récits de nos amis à leur retour de Potagèreville, en apprenant qu'un jour viendrait le Grand Porte-Greffe de Hongrie pour unir Mira-Belle à... Granny-Smith tomba dans les pommes.

Notes du jardinier

1. En réalité Boskoop, ville de Hollande d'où provient cette variété de belle pomme rousse à la chair ferme, acidulée et parfumée. Maturité à fin octobre.

2. Feijão signifie haricot noir en portugais. Il est la base de la « feijoada », le ragoût national brésilien.

3. Très ancienne variété de pomme à couteau. Elle est vigoureuse, croquante, juteuse et parfumée. Quand elle est reine, sa peau est jaune d'or strié de rouge orangé. Celle du Canada est vert-jaune clair ou bronzée. Maturité en septembre.

4. Variété de pomme originaire de Virginie à la fin du XIXe siècle. Sa peau est jaune et lisse, sa chair très sucrée.

5. La poire Duchesse a la peau dorée. Sa chair est blanche, fondante et sucrée. Maturité en octobre. Une douairière est une vieille dame de la haute société.

6. Variété de poire très vigoureuse. Son épiderme est bronzé, chair succulente. Maturité en septembre.

7. Variété de pomme très juteuse et acidulée. Sa peau est vert vif, légèrement pointillée de blanc.

8. Variété de poire très ancienne et très appréciée. Doyen était un titre ecclésiastique ; ce mot veut aussi dire « le plus ancien ». Un comice agricole est une assemblée de cultivateurs travaillant à l'amélioration des produits de l'agriculture.

9. Petite pomme rouge strié de blanc, très croquante et juteuse. Du latin *appiana mala* « pommes appiennes », c'est-à-dire d'Appius qui les aurait introduites à Rome.

10. Dans la mythologie grecque, Iris est la correspondante d'Hermès le messager. Elle est vêtue d'un voile couleur d'arc-en-ciel.

11. Expression du centre de la France désignant les petits tourbillons de vent fou qui entraînent des colonnes de brindilles au moment des foins.

12. Variété de poire d'automne fondante et douce. Apparue en 1690.

13. Blettir se dit d'un fruit trop mûr, trop vieux, dont la chair devient molle et jaune. Ici jeu de mots : les poires blettissent de colère comme les gens blêmissent.

14. La tavelure est une maladie des pommiers et des poiriers qui marque les feuilles et les fruits de taches brunes et de crevasses. Se dit aussi des taches brunes qui apparaissent sur la peau des gens âgés. Mains tavelées.

15. De l'italien *spalla* « épaule », appui au sens figuré (1553). Façon de planter les arbres fruitiers le long d'un mur qui les protège et où ils s'étalent. Ici jeu de mots pour palier.

16. Nom d'une poire rustique du centre de la France.

17. Vieux mot corrézien désignant un verger attenant aux fermes où l'on met les cochons ou les moutons.

18. Principauté du nord de l'Inde située dans la province du Penjab.

19. Ensemble des emblèmes et des armoiries d'une famille noble ou d'une ville. Au sens figuré, « redorer son blason » se dit d'un noble pauvre qui épouse une femme riche.

20. Aux États-Unis, pionnier qui se fixait sur une terre de l'Ouest non encore occupée, vers 1830. (En anglais, *to squat* « se blottir ».) Se dit par extension d'une personne qui s'installe illégalement dans un local vide.

21. Ce n'est, hélas, qu'une légende puisque Alexandre le Grand mourut à trente-trois ans.

22. Variété de pomme rustique.

23. Le roitelet, le rouge-gorge et la bergeronnette, contrairement aux autres oiseaux, ne mangent ni les pommes ni les poires.

24. La Bintje est une variété courante de pomme de terre à chair blanche. Originaire de Belgique.

25. Variété de pomme de terre à peau rose pâle et chair jaune.

26. Variété de grosse tomate rouge.

27. Variété de grosse fraise.

28. Maladie qui attaque diverses plantes dont l'oignon.

29. Du grec *mikros* « petit » et *képhalé* « tête ».

30. Onguent à base de plantes utilisé comme calmant. Très populaire en Inde.
31. Variété de belle noix rustique. Le noyer est originaire d'Asie.
32. Variété de haricot dont on mange la cosse avec la graine.
33. Variété de pois à rames, à grain ridé.
34. « Ça va ? » en brésilien.
35. « Demain » en brésilien.
36. Variété à longue graine brune, cultivée en Amérique du Sud.
37. Variété de haricot à écosser. Grosse graine noire.
38. Variété de haricot à écosser. Graine noire et blanche.
39. Deux variétés à petit grain blanc.
40. Nom brésilien du fruit de la passion.
41. Instrument de musique brésilien formé d'un petit tambour dont les parois sont traversées par une sorte de ficelle. On tire celle-ci en rythme et son frottement contre les peaux tendues donne des sons qui ressemblent à des gémissements.
42. Variété de tabac colombien.
43. Nom donné à des variétés de fruits et légumes très volumineux.
44. Très hâtive, allongée, chair jaune.
45. Beau fruit très sucré. Difficile à trouver sous l'Occupation.
46. Pêche du midi à chair jaune.
47. De *Cantalupo*, villa des papes. Nom générique de plusieurs variétés de melons savoureux, soit à côtes rugueuses, soit sphériques, lisses et à écorce mince.
48. Jeu de mots pour paparazzis, surnom des photographes de presse italiens.
49. En latin, *phaseolus*. Mot grec moderne pour haricot vert.
50. Variété de pomme américaine.
51. Nom donné à la saxifrage (du latin *saxifraga* « qui brise les murs »), une plante qui croît dans les fissures des rochers et des murs, et dont les fleurs ont une couleur si délicate qu'elles sont presque impossibles à peindre.
52. Du latin *cotoneum* « coing ». Altération du provençal *coudougnas*. Pâte ou gelée de coing.

Achevé d'imprimer
le 11 mars 1983
sur les presses de
l'Imprimerie Hérissey
à Évreux (Eure)

Nº d'imprimeur : 31770
Dépôt légal : mars 1983
ISBN 2-07-033251-9
Imprimé en France

31699